L'UOMO CHE SAPEVA VOLARE

Mike Willis era un uomo all'apice della carriera, un genio nel mondo degli affari, lavorava a Wall Street e aveva un conto in banca molto molto cospicuo.

Una bella casa a Manhattan al sessantesimo piano di un grattacielo con una spettacolare vista su New York che godeva da una vetrata a muro che si prolungava dalla sua camera da letto all'enorme soggiorno cucina...un risultato strabiliante per la sua giovane età! Aveva solo ventisei anni ed una strada spianata per una vita da favola, i suoi familiari non sapevano spiegarsi tutto quel successo. Era nato in una famiglia con un reddito medio, la mamma insegnante ed il papà impiegato di Banca.

Era figlio unico, sempre attorniato da amici per il suo carattere allegro e comunicativo oltre che per il suo aspetto...un bel ragazzone alto con un fisico asciutto e prestante dovuto al nuoto, il suo sport preferito, capelli e occhi neri come l'ossidiana, retaggio della madre di origini italiane. Nella sua cittadina tutti pensavano che fosse merito dei genitori che lo avevano aiutato nello studio, anche se la madre continuava a ripetere a tutti che loro non c'entravano nulla con il successo del figlio, che aveva fatto tutto da solo e non aveva mai chiesto loro alcun aiuto. Naturalmente aveva avuto i problemi che hanno tutti gli adolescenti, i genitori si preoccupavano non poco ed essendo privi di esperienza vivevano i vari periodi della sua crescita barcamenandosi tra consigli di amici che avevano vissuto bene o male le stesse situazioni, non riuscendo ad essere mai eccessivamente severi con lui. Nella loro cittadina si svolgeva una vita tranquilla, si conoscevano tutti, il massimo che poteva accadere era qualche tamponamento oppure lo smarrimento di un cane. C'era la scuola elementare ed il liceo, la madre alle elementari preferì non farlo inserire nella sua classe per non creare disparità con gli altri alunni ed a Mike andava più che bene. Il suo primo anno scolastico era stato difficile essendo figlio di una insegnante ed i suoi compagni gli stavano tutti lontano, tornava a casa triste e sconsolato. In terza elementare era veramente stufo di fracciatine e occhiate derisorie, lo chiamavano " cocco di mamma ", insinuando che aveva sempre bei voti grazie alla professione della madre.

Così un bel giorno decise di non subire più e durante l'intervallo si azzuffò con un compagno che era diventato particolarmente fastidioso...risultato? Naso sanguinante del bambino e qualche graffio sul viso di Mike.

Quando la Direttrice incontrò la madre questa rimase costernata dal comportamento del figlio, sia lei che il marito gli avevano inculcato il rispetto per tutti gli esseri viventi ma malgrado tutto scelsero di dialogare e non punirlo, cercando di comprendere le ragioni di quel gesto e spiegandogli che non era quello il modo di risolvere i problemi...non con i muscoli ma con l'intelligenza e che la violenza era sempre una forma di debolezza. L'espressione di Mike sembrava dubbiosa anche perché da quel giorno il ragazzino si guardò bene dall'infastidirlo. I genitori speravano comunque che avesse recepito il messaggio. Dopo quell'episodio ci fu un periodo di relativa tranquillità.

Quando Mike aveva dodici anni la madre scoprì che erano spariti alcuni soprammobili, piccole cose delle quali all'inizio non si era nemmeno accorta...cominciò ad avere seriamente paura quindi informò il marito di ciò che stava accadendo, chiaramente l'unico indiziato era il loro figlio.

La sera a cena lo affrontarono intimandogli con una certa autorità di dire la verità e lui candidamente disse...lasciandoli di stucco...che aveva visto uno skateboard che gli piaceva tantissimo, aveva chiesto loro di comprarglielo e poiché si erano rifiutati aveva pensato di guadagnare qualche soldo e comprarselo. Anche quella volta scelsero il dialogo, gli dissero che non lo avevano comprato per paura che si facesse male non certo per una questione economica, e gli spiegarono che quello non era guadagnare ma bensì rubare ed era disonesto, contro legge e si andava in carcere...guadagnare era trovarsi un lavoretto pagato...c'era una enorme differenza. Naturalmente la mamma si fece dire chi avesse comprato la sua roba, e lui rispose che c'era un nuovo negozio a due isolati da casa loro che acquistava articoli usati.

Il giorno dopo era andata di corsa in quel negozio, era entrata con aria battagliera ed aveva intimato al commerciante di non comprare più alcun articolo da suo figlio ed anzi da nessun minore, altrimenti lo avrebbe denunciato. Una volta a casa spiegarono nuovamente al loro figlio che per guadagnare qualcosa doveva trovarsi un lavoretto, era così che agiva la gente onesta e perbene ...l'argomento fu chiuso e Mike capì. Per impegnarlo lo iscrissero in piscina, ogni pomeriggio prendeva la sua borsa ed andava a nuotare, fu così che nacque il suo amore per l'acqua, si trovava nel suo elemento naturale, disputò parecchie gare ed anche lì fu un successo.

Quel figlio che a volte per ingenuità li faceva preoccupare, nello studio e nello sport li riempiva di soddisfazioni. Per un certo periodo tutto filò liscio ma poi la sua personalità impulsiva riemerse.

A sedici anni prese una cotta per una sua coetanea che era arrivata dalla città vicina per trascorrere le vacanze da una zia...fu un periodo di gran divertimento e felicità per lui, non era mai a casa e per quel poco che si fermava prendeva in braccio sua madre e la faceva girare, cantava sotto la doccia ed era sempre di buon umore. Si era formato un bel gruppo di ragazzi e ragazze, andavano al lago per nuotare, organizzavano feste con grigliate, facevano campeggio ecc...insomma per lui fu una estate fantastica ma purtroppo tutto finisce e cominciano le partenze e gli addii, baci abbracci e promesse e così fu anche con la ragazzina con cui Mike aveva flirtato tutto il periodo delle vacanze...a vederli ti si spezzava il cuore. I genitori lo vedevano sempre triste, irrequieto, ed una sera sua madre convinse il padre a seguirlo in camera e a parlare con lui per capire cosa stesse succedendo, ormai era adulto e non si confidava più con lei. Fu così che appresero che era innamorato e che la ragazzina gli mancava tanto e non riusciva a stare lontano da lei...si sa che a quella età i sentimenti si vivono in maniera amplificata. Per il momento non c'era alcun modo per accontentarlo visto che l'anno scolastico era già cominciato, quindi i genitori gli promisero che durante le vacanze di Natale lo avrebbero accompagnato a trovarla, la ragazzina abitava a più di trecento chilometri di distanza da loro e lui essendo minorenne non poteva viaggiare da solo. Ma invece cosa fece? Prese dal suo salvadanaio i soldi ricevuti per il compleanno e scappò di casa. Fu sconvolgente per i genitori quando realizzarono ciò che era successo, quindi andarono a trovare la zia della ragazza spiegandole la situazione...la donna in verità si attivò subito, telefonò alla sorella chiedendole di bloccare il ragazzo qualora fosse andato da loro, ma Mike anticipò i tempi...il pomeriggio li chiamò dicendo dove si trovava e pregandoli di andarlo a prendere. Lo sentirono molto abbattuto, fu un grande sollievo per i genitori che avevano vissuto ore di angoscia. Questa volta non l'avrebbe passata liscia, certo non sarebbero stati severissimi, ma avrebbe dovuto imparare ad essere più responsabile, non era più un bambino...ma quando lo videro scorsero sul suo viso le tracce di una profonda delusione e non sembrava il caso di mortificarlo ulteriormente. Chiese scusa ai genitori per ciò che aveva fatto prima ancora che parlassero, il padre gli domandò con una certa delicatezza se se la sentiva di raccontargli cosa era accaduto. Raccontò che aveva aspettato la sua ragazza fuori dalla scuola per farle una sorpresa, si era nascosto dietro un cespuglio pronto a saltare fuori una volta vista, ed invece lei appena uscita era volata tra le braccia di un ragazzo che l'aveva baciata come se non ci fosse un domani. In quel momento si era sentito morire, poi gli era venuto un moto di rabbia e voleva uscire allo scoperto per farle una scenata, ma subito era arrivata la delusione, pensando che per una ragazza come non valesse la pena esporsi e rendersi ridicolo.

Da quell'episodio Mike ne uscì cambiato, si dedicò allo studio impegnandosi a costruire il suo futuro. Aveva avuto delle relazioni ma mai una storia seria, solo pure e semplici conoscenze senza mai coinvolgimento sentimentale e soprattutto storie brevi. Si era diplomato con voti eccellenti, erano arrivate lettere dalle migliori Università del Paese e quando arrivò il momento di lasciare la sua casa per quella nuova avventura e concludere così il suo ciclo di studi, abbracciò forte i suoi genitori con la promessa di prendersi cura di se stesso, soprattutto a sua madre in lacrime che gli faceva mille raccomandazioni contro i pericoli che avrebbe potuto trovare in una grande metropoli come New York.

L'università per lui fu un mondo tutto da scoprire, aveva sete di sapere e c'era così tanto da imparare, un torrente dal quale bere a piene mani. Si fece tanti amici, partecipava alle gare di nuoto, era molto attivo negli eventi organizzati dalla sua Facoltà e i suoi docenti lo ritenevano un allievo brillante e geniale. Ma quando arrivavano le vacanze di Natale tornava il ragazzo semplice che anelava tornare a casa per riunirsi alla grande famiglia di sua madre, partivano tutti per raggiungere la casa della zia, sorella della madre, e lì si riunivano ogni anno da quando ne aveva memoria e lei li ospitava tutti, zii zie e cugini, ed era una grande festa. Provava sempre una sensazione bellissima di calore umano, un abbraccio pieno di amore che gli infondeva serenità e completezza, non si sentiva mai solo.

Era la classica famiglia italiana rumorosa ed allegra, per non parlare poi delle grandi abbuffate che si facevano a pranzo ed a cena gustando le classiche lasagne, polpette ed altre prelibatezze. Finalmente arrivò anche la laurea, tutta la sua grande famiglia andò ad assistere, erano orgogliosi di lui, il padre e la madre commossi. Al ritorno a casa ci fu una grande festa ma quando tutto finì e si ritrovò da solo in camera sua, per un momento provò un senso di malinconia, si era chiuso un capitolo fantastico della sua vita, all'improvviso era come se avesse superato il periodo della sua giovinezza ed era diventato di colpo adulto...scacciò subito quei pensieri pensando a come sarebbe stato il suo futuro. Mirò subito in alto facendo domanda alla Borsa di New York e con i voti che si ritrovava fu subito assunto, naturalmente come in tutti i lavori fece un pò di gavetta, ma in poco tempo riuscì ad arrivare al top con un lavoro di responsabilità che lo impegnava tutto il giorno, entrava al mattino e usciva la sera, a pranzo mangiava qualcosa in ufficio ma a cena tornava a casa e trovava pronto da mangiare e la tavola apparecchiata con qualcosa da riscaldare, merito della governante che aveva assunto, gli teneva in ordine e pulita la casa e si occupava anche del suo abbigliamento.

Dopo cena metteva su un pò di musica, si sedeva al divano posto davanti alla grande vetrata a muro e si rilassava guardando il panorama con la grande metropoli ricca di luci che brillavano nella notte e poi andava a dormire.

Nel weekend era tutta un'altra storia...si incontrava con i pochi amici più intimi e partivano, si divertivano molto e riuscivano anche a conoscere delle ragazze con cui passare quei due giorni, con la soddisfazione di entrambi, senza alcun impegno. Quella sera invece un impegno l'aveva, era il compleanno di Richard, uno dei suoi amici e dava una cena a casa per festeggiare, così uscì da lavoro con una certa fretta poiché doveva passare da casa per fare una doccia e prepararsi e non voleva fare tardi. Quando arrivò alla festa ebbe una piacevole sorpresa, oltre ai soliti, Richard aveva invitato tre suoi amici di infanzia, due ragazzi ed una ragazza molto ma molto bella. Era alta con un fisico armonioso, lunghi capelli biondi ed occhi del colore delle viole, si chiamava Jane. Caso strano fu molto colpito da lei, avevano parlato molto tutta la sera ed era nato un certo feeling, pensò di contattarla in settimana, era una brava ragazza di quelle con la testa sulle spalle, intelligente, allegra, non la solita oca superficiale o in cerca di avventure, gli infondeva serenità. Questa ragazza gli aveva risvegliato un qualcosa dentro assopito da tempo, una emozione quasi adolescenziale. Era stata una piacevolissima serata, ultimamente si era accorto di non divertirsi più come una volta, prima di andare via Richard lo chiamò in disparte e gli disse "ci tengo molto a lei...per me è come una sorella, ti chiedo solo di non farla soffrire, lei non è come quelle che frequentiamo di solito". La mattina dopo fui svegliato come sempre dalla musica, mise un lenzuolo attorno ai fianchi ed andò dritto a prepararsi la sua spremuta di arance, erano azioni meccaniche dettate dall'abitudine, si sedette sul divano davanti alla grande vetrata e mentre sorseggiava il succo vide passare un uccello proprio ad un metro di distanza da lui. Incominciò a svolazzare e Mike guardando quel movimento delle ali rimase affascinato, come ipnotizzato, aveva sempre avuto il terrore di volare, amava molto viaggiare, vedere il mondo, aveva anche la possibilità economica per farlo, ma quella paura lo aveva sempre bloccato. Per la prima volta si soffermò a pensare su quello che era la sua vita, questa cosa lo turbò molto, aveva l'obbiettivo della carriera ma ora capiva che non gli bastava più, voleva pensare a come cambiare la sua vita personale, in fondo c'era ancora tantissimo da scoprire e di cui godere. Doveva superare quella paura, del resto nuotare era un pò come volare su un mondo sottomarino, non ci aveva mai pensato e molto probabilmente non aveva mai pensato a tante cose.

Decise di prendersi un giorno di vacanza, telefonò in ufficio per avvisare della sua assenza, si vestì, prese un taxi e si fece portare a Central Park...aveva bisogno di immergersi nella natura. Passeggiando ad un certo punto si ritrovò in un luogo incantevole, c'era un piccolo laghetto circondato da salici con un bellissimo prato inglese di un verde brillante che gli faceva da cornice, la giornata era luminosa, i raggi del sole emanavano una luce particolare tanto da rendere il tutto quasi estatico e surreale. C'era una panchina sulla quale sedette, attorno a lui regnava la pace, quel posto sarebbe diventato il suo rifugio qualora avesse avuto bisogno di staccare e stare un pò da solo. Era lì a crogiolarsi beatamente e a godere di quei momenti quando vide arrivare lo stesso uccello che qualche ora prima aveva visto svolazzare dalla sua vetrata...era veramente grande visto da vicino, aveva una grande apertura alare e si abbeverava alle acque del lago, non aveva paura di lui anzi si fermò a guardarlo, poi all'improvviso si alzò in volo e volando basso davanti a lui andò via. Fu attirato dal movimento delle sue ali tanto da provare il forte desiderio di mimarlo, quindi si alzò e come per gioco cominciò a muovere le braccia zigzagando per il prato...ad un tratto cominciò a sollevarsi da terra...ebbe una paura folle, "no! no!" non poteva essere, cadde per terra e tornò a sedersi...aveva la mente confusa, il cervello si rifiutava di pensare ed era nel panico più totale. Chiuse gli occhi stringendoli, voleva allontanarsi da lì, aveva paura, ma non ne aveva la forza, voleva fuggire per tornare alla sua vita giornaliera, il lavoro, gli amici, il suo mondo sicuro e reale. Per rasserenarsi pensò che sicuramente si fosse trattato di uno scherzo dell'immaginazione o addirittura forse si era addormentato e lo aveva sognato, “si! si!” si ripeteva, è sicuramente così. Si alzò e per esorcizzare il tutto, ridendo di se stesso, riprese a mimare con le braccia il volo e cosa accadde?...spiccò il volo!!! "Oh mio Dio! Oh mio Dio!” continuava a ripetere continuamente, ma a differenza della prima volta cominciava a provare una certa euforia, anche se il cuore batteva a mille per l'agitazione di quella scoperta, cominciò a volteggiare beandosi in una sensazione di libertà mai provata prima, mentre gli nasceva nel cuore una gioia incontenibile. Quando atterrò tornò a sedere sulla panchina, gli tremavano le gambe per l’emozione, stava accadendo proprio a lui, non poteva crederci ancora! “Bene” si disse...doveva pensare, pensare a come gestire la cosa. Non poteva rivelarlo a nessuno, doveva tornare a casa e vedere come procedere con quel dono piovuto dal cielo e quando rientrò era veramente sfinito, mentalmente e fisicamente. Aveva vissuto una esperienza troppo forte emotivamente, al di sopra della sopportazione mentale di un essere umano, cenò e si sedette davanti alla vetrata e piano piano pensò ad un modo positivo di utilizzare quel dono. Ad un certo punto ebbe l'illuminazione...lo avrebbe sfruttato per girare il mondo, per vedere le cose che aveva sempre desiderato vedere, conoscere altri usi e costumi e popolazioni, visitare le città più belle e posti sconosciuti ed inesplorati. Improvvisamente si sentì rinato, aveva la possibilità di vivere una nuova vita, aveva abbastanza denaro sul suo conto, doveva licenziarsi, chiamare la sua famiglia ed i suoi amici e trovare una scusa per giustificare la sua lunga assenza. Non doveva portare nulla con se, bastava la sua carta di credito. Al primo posto, come meta, c'era indubbiamente l’Italia, soprattutto Roma la città eterna come la chiamavano, avrebbe toccato con mano la storia di un impero grandioso. Era ora di andare a dormire, il giorno dopo aveva tante cose da sistemare prima dell'inizio della sua grande avventura. Una volta a letto però, chissà come, gli venne in mente Jane. Poteva quasi sentire il suo profumo. Poi si addormentò.

Jane era sempre stata una bambina tranquilla, altruista, amava gli animali e la natura, era cresciuta in una fattoria non molto grande con una casa fatta di tronchi di legno.Quando tornava da scuola scorrazzava nei prati e ogni animaletto ferito che trovava lo portava subito a casa da suo padre che la aiutava a curarli. Egli era un veterinario che prestava assistenza alle fattorie vicine e lontane, non risparmiandosi affatto, anche perché era l'unico sostentamento che avevano. Nella fattoria c'erano pochi animali, qualche gallina, due mucche, qualche agnellino, oche e qualche maialino. La mamma era una casalinga. Lei diceva sempre per "sua scelta", sempre sorridente, aveva l'abitudine di cantare quando svolgeva le faccende domestiche...diceva che in un'altra vita avrebbe fatto la cantante...prendendosi in giro. Bravissima in cucina, coltivava anche un orto alle spalle della casa, piantava ortaggi a secondo la stagione ed era molto orgogliosa del risultato quando raccoglieva i frutti del suo lavoro. In effetti avevano la dispensa sempre piena di conserve di ogni tipo marmellate, sott'oli e vari che consumavano durante l'inverno. Preparava anche degli ottimi formaggi! A casa non mancava di certo il cibo. Per non parlare dei dolci, facevano venire l'acquolina in bocca solo a vederli! Il pomeriggio invece si dedicava al cucito, infatti i vestiti che indossavano sia Jane che la madre erano frutto, anche quelli, del suo lavoro. Era una famiglia unita e serena. La ragazza aveva due fratelli un pò più grandi di lei, era l'oggetto dei loro scherzi anche se bonari, era la loro sorellina ed erano molto protettivi nei suoi confronti. Andavano a scuola nella cittadina vicina, non che avessero grande propensione per lo studio e spesso si trovavano coinvolti in qualche zuffa, c'era sempre qualche ragazzo stupido che faceva commenti sul loro abbigliamento. Non era certo ciò che gli avevano insegnato i loro genitori ma si sa che gli adolescenti sono un tantino irruenti. Anche Jane era stata un pò isolata dalle compagne per lo stesso motivo, la ritenevano una zoticona ma per fortuna non si era mai arrivati al bullismo. I suoi fratelli comunque avevano le ragazze che impazzivano per loro, erano veramente dei bei ragazzi lei però non era da meno...era una gran bellezza anche se non se ne rendeva conto e le compagne evidentemente avevano quell'atteggiamento solo per invidia, non volevano essere oscurate. Comunque Jane non ci faceva caso, il suo mondo era la sua casa, la pace che trovava quando tornava da scuola, i suoi animali, i pochi amici delle fattorie vicine che andavano a trovarli, come accadeva nel periodi di Natale quando ognuno portava qualcosa da mangiare, si allestiva un lungo tavolo nel loro grande salone, si accendeva il grande camino e si cuoceva la carne. Si ballava e si cantava e per le altre giornate di festa si faceva a turno nelle altre fattorie...insomma si cominciava a Natale e si terminava a Capodanno. Poi i ragazzi diventarono adulti e con grande stupore soprattutto del padre si laurearono...uno in Veterinaria come suo padre e l'altro in Agraria. Finalmente il papà poteva avere un aiuto visto che ormai ne aveva perso le speranze. Aveva lavorato tantissimo per farli studiare e crescere, non c'era molta possibilità economica, non avevano avuto molto quei ragazzi, l'abbigliamento consisteva in due paia di jeans a testa, qualche felpa che si scambiavano tra loro e dei giubbotti caldi ma non alla moda. Ma di amore erano ricchissimi, ne avevano ricevuto tanto, quando il padre tornava si riunivano attorno alla tavola per gustare le cose buone che la mamma aveva cucinato e dopo, anche se stanco, si informava sulla loro giornata ed insieme chiacchieravano. E Jane? Chi avrebbe mai detto che avrebbe abbandonato la sua fattoria per andare a studiare in una grande metropoli come New York? Dal paradiso al caos più totale, aveva seguito la sua natura, prima curava gli animali ora le persone. Quella meravigliosa metropoli la aveva affascinata, con le strade sempre affollate di gente sia di giorno che di notte, che racchiudeva tantissime opportunità per realizzarsi, locali di ogni tipo, piena di colori, dove si esce di casa con le pantofole ed i bigodini in testa per andare a fare la spesa.

Però c'era il rovescio della medaglia...era molto difficile viverci, tanta criminalità in agguato ad ogni angolo di strada. Comunque terminò gli studi di infermieristica con ottimi voti e fu subito assunta in Ospedale. Lì si erano trasferiti anche due suoi amici di infanzia per studiare ed anche loro dopo la laurea avevano trovato lavoro, per questo si sentiva in qualche modo protetta, con loro quando si incontravano si sentiva un pò a casa. Erano come fratelli per lei, qualora avesse avuto bisogno di aiuto sarebbero accorsi immediatamente, le telefonavano tutti i giorni e a volte uscivano insieme a cena ricordando le loro avventure alla fattoria. Non aveva avuto ne tempo ne voglia di cercare un amore, pensava che qualora avesse incontrato l'uomo giusto lo avrebbe riconosciuto subito, quindi aveva tirato dritto per la sua strada, anche se non le erano mancati gli ammiratori, anzi a volte aveva dovuto essere perentoria nei suoi rifiuti.

Quella sera era il compleanno di Richard, uno dei suoi due amici. Festeggiava dando una cena a casa sua con un numero ristretto di persone. Si era vestita con cura, aveva chiamato un taxi e si era recata a casa del festeggiato. Fu una serata piacevolissima, ottima cena, ottimo vino, si erano divertiti molto con i giochi di società, raccontato a turno delle barzellette e poi come sempre accade si mette un pò di musica di sottofondo e si chiacchiera serenamente. Le si era avvicinato un ragazzo bellissimo che si intrattenne per tutta la serata a parlare con lei, discorrendo delle loro vite, del lavoro e dei rispettivi sogni...le era sembrato un ragazzo perbene. Aveva sentito qualcosa dentro, come se lo conoscesse da sempre, le era venuto facile parlargli, aprirsi e raccontargli tutto di se stessa. Si erano lasciato con la promessa di rivedersi e per la prima volta aveva dato il suo numero di telefono ad uno sconosciuto. Quella sera andò a letto fantasticando su quell'incontro come un'adolescente e nel pensarlo sentì uno sfarfallio nello stomaco.

Mike quella mattina stentò a svegliarsi ma il suo primo pensiero andò a Jane. Avvertiva una forte attrazione per lei, quasi sentiva il tono caldo della sua voce come se fosse vicino a lui. Ma prima doveva mettere in atto il suo progetto...non poteva farne a meno, era come il canto delle sirene che lo attirava inesorabilmente. Quello stesso giorno avrebbe spiccato il volo. Si recò nello stesso posto dove tutto era successo, l'emozione gli serrava la gola, chiuse gli occhi, tirò un lungo respiro poi si piegò sulle gambe e cominciò a muovere le braccia e con una spinta proprio come fanno gli uccelli... si librò in volo. Il panorama da lassù era spettacolare! All'inizio volò con prudenza ma poi cominciò ad avere un pò più di sicurezza e si lasciò trasportare dalla corrente...e finalmente si lasciò andare del tutto. Volteggiava, si buttava a picco verso il basso per poi risalire velocemente. Un grido liberatorio uscì dalla sua bocca. Rideva...rideva, era come se lo avesse sempre fatto. Fu sorpassato da uno stormo di uccelli migratori che non lo degnarono di uno sguardo, erano bellissimi, chissà a quante altre novità avrebbe assistito! Non vedeva l'ora...e pensare che fino a qualche giorno prima era una persona che si confondeva con tanti altri milioni di esseri umani conducendo una vita così banale. Il suo stato era di certo straordinario ed unico al mondo, ed ora era felice che fosse successo a lui. Ma imparò presto che anche in cielo c'erano delle insidie, tempeste di vento improvvise, pioggia, neve etc ed un giorno in particolare se la vide veramente brutta quando una grande aquila cominciò ad inseguirlo. Gli stava dando la caccia e fu un vero miracolo essere riuscito a salvarsi. Era un esemplare magnifico, velocissimo soprattutto in picchiata. Vide un piccolo bosco sotto di lui, l'aquila lo aveva quasi raggiunto...girandosi vide gli artigli pronti ad afferrarlo. Non fu un atterraggio morbido, ma era vivo, aveva sbattuto contro alcuni rami pieni di foglie ed era precipitato al suolo rotolando tra le pietre, era tutto indolenzito e ci impiegò un bel pò per rimettersi in sesto ed alzarsi. Stava imparando ad avvertire i cambiamenti climatici e ad aguzzare la vista guardandosi attorno per accorgersi di eventuali pericoli. Quell'episodio, però, aveva provocato un cambiamento di rotta e non riusciva più ad orientarsi. Doveva viaggiare alla cieca ma non si preoccupava più di tanto...sarebbe stata una piacevole avventura.

Era l'ora che precedeva il tramonto, l'ora in cui gli uccelli cercano un riparo per la notte e lo aveva fatto anche lui. Era atterrato in un posto desolato o così gli era sembrato. Si era incamminato per scoprirne di più ed era arrivato in un villaggio con una manciata di casupole, aveva chiesto da mangiare ma a quanto pareva ce n'era poco anche per loro. Gli abitanti erano sporchi e laceri e lo guardavano con occhi vacui, tutti smagriti nel fisico tanto da intravvedersi le ossa del costato. La povertà di quella gente lo colpì come una mazzata dietro la nuca, gli aveva ferito l'anima, sembravano abbandonati a loro stessi, non poteva toglierli quel meno di niente di cibo e si allontanò...non importava...avrebbe mangiato l'indomani quando sarebbe andato via da lì. Non si era mai confrontato con quel lato della vita anzi, chiuso nel suo mondo perfetto non ci aveva mai fatto caso. Ora capiva che non si era mai guardato attorno realmente. Anche quando camminava per le strade di New York non aveva mai visto le altre realtà della gente che sedeva sui marciapiedi, c'erano anche vicino al suo ufficio, vestiti alla meglio con delle buste colme di chissà che cosa, ma per lui era come se facessero parte del paesaggio, non li vedeva, gli passava accanto ed era come se non ci fossero. Non li aveva mai guardati in viso ne si era posto il quesito sul perché fossero lì quelle persone...cosa era loro accaduto per finire per strada, che storia avevano alle spalle. Chissà perché ancora una volta pensò a Jane. Forse perché quando avevano parlato della loro infanzia lei gli aveva raccontato che anche se era stata felice e molto amata, ricordava le rughe che solcavano il viso di suo padre, rughe di preoccupazione che cercava di nascondere che cercava di nascondere ma non sempre ci riusciva. I suoi genitori avevano acceso un mutuo per poter costruire la fattoria e guadagnare una certa cifra da dare alla Banca ogni mese. Non era stato facile ed avevano dovuto stringere molto la cinghia, rinunciare a tante...tantissime cose, ma certo non avevano sofferto la fame grazie alla madre ed alla sua laboriosità, e grazie a Dio ce l'avevano fatta. E lui ancora una volta non lo aveva capito. Forse perché era tutto preso dalla sua bellezza e dalla luce che brillava nei suoi occhi.

La mattina dopo quando si svegliò il sole era già alto e luminosissimo. Si ritrovò pieno di quella polvere desertica, aveva dormito per terra sfinito dalla stanchezza, aveva sete e si mise a girovagare per cercare un pò d'acqua quando ad un certo punto vide alcune case in stile arabo mezze diroccate. Era un paese abbandonato o almeno così gli era sembrato ma ad un certo punto da quelle rovine cominciarono ad uscire delle persone. Erano tante e con le mani protese verso di lui cominciarono ad avanzare e quando erano abbastanza vicine notò che erano deturpati da piaghe, sembravano appestati. Gli si gelò il sangue nelle vene. Voleva fuggire ma le sue gambe erano paralizzate dalla paura, quando vide tre uomini molto alti che si frapposero tra lui e quella gente. Erano avvolti in un telo bianco dalla testa ai piedi e li bloccarono con un gesto della mano. Sempre con un gesto della mano intimarono alla folla di ritirarsi e quelli lo fecero immediatamente, poi uno di loro si avvicinò a Mike, protese le mani, in una c'era una coppa con dell'acqua e nell'altra un pezzo di pane... "tieni" gli disse "dissetati e mangia ma poi devi andare via...qui non troverai altro che dolore"...non se lo fece ripetere due volte, bevve e prese il pane e si allontanò correndo, spiccò il volo lontano dai loro occhi. Volò quasi tutto il giorno e poi finalmente e poi finalmente vide una grande isola. Atterrò vicino ad un villaggio, gli sembrava di essere in Malesia, nessuno parlava la sua lingua quindi non fece domande tanto ormai un luogo valeva l'altro. Sperava che la situazione cambiasse, quel viaggio si stava rivelando diverso da quello che aveva progettato. Non aveva calcolato gli imprevisti ed era inutile piangersi addosso...doveva andare così. Decise di conoscere meglio quel posto. Si incamminò lungo una strada costeggiata da un lungo fiume, c'erano una infinità di imbarcazioni piene di mercanzie, baracche di legno ed un frastuono di voci. Ordinò qualcosa da mangiare a gesti per farsi capire, notò che il cibo era davvero gustoso ma doveva trovare un posto per dormire e si rese subito conto che non era un problema infatti una donna, vedendolo, lo aveva raggiunto, aveva capito che era uno straniero, gli indicò una baracca e con le mani giunte appoggiate alla guancia chiuse gli occhi mimando il gesto di dormire. Mike le sorrise e si lasciò portare via. Era una cameretta, se così si poteva chiamare, con un giaciglio su una tavola bassa di legno ma le lenzuola erano pulitissime. Purtroppo in quel luogo la sua carta di credito valeva meno che niente, così si sfilò l'orologio e lo diede alla donna che lo prese tutta contenta. Il cibo lo aveva pagato con l'anello che aveva al dito...gli era rimasto solo il bracciale, sarebbe servito per mangiare il giorno dopo. Si viveva alla giornata ormai. La donna aveva intuito che non aveva denaro con se e la mattina dopo fece in modo che avesse anche del cibo, visto che l'orologio era molto costoso, quindi gli aveva portato la colazione che consisteva in una tazza di te ed un piattino di frutta. Aveva l'aspetto di una nonna, gli aveva sorriso e dato una lieve pacca sul braccio. Poi era andata via. Gironzolò tutta la mattina, constatò che l'economia del posto si basava soprattutto sulla pesca e agricoltura, la gente era semplice e forse anche analfabeta ma aveva un grande cuore. Tornò alla baracca che lo ospitava e trovò il pranzo che lo aspettava. Sembrava che l'anziana donna lo avesse preso sotto la sua ala protettiva.

Il giorno dopo la donna lo portò a casa sua, una piccola dimora costruita in un cortile con attorno altre casette come la sua. Lo presentò ad alcune persone, molto probabilmente i suoi vicini. Il periodo che trascorse in quel luogo fu molto piacevole e sereno, lì il tempo scorreva lento e Mike si ambientò presto. Si sentiva in debito con l'anziana donna e voleva ripagarla in qualche modo. Sapeva che sia lei che i vicini andavano al mercato per vendere il pesce, frutta e verdura ed anche riso e se c'era qualcosa in cui lui eccelleva era proprio fare soldi così li accompagnò e cominciò a mercanteggiare con la gente interessata. Lo fece ogni giorno e con una parte del guadagno acquistava altra merce e così incominciarono ad ingrandirsi. Nel giro di poco tempo la donna ed i vicini si ritrovarono un bel gruzzolo di soldi ed una attività ben avviata. Il tutto era avvenuto senza dire una parola, con la gente comunicava solo a gesti e loro lo capivano...era stupefacente. I vicini della donna erano anche loro anziani, chi in coppia e chi da solo ed una sera gli fecero una sorpresa. Organizzarono una festa in suo onore per ringraziarlo di ciò che stava facendo per loro. Ognuno aveva cucinato qualcosa, avevano apparecchiato un lungo tavolo in cortile e avevano festeggiato.

Con il passare dei giorni notò che malgrado i guadagni la vita che conducevano era sempre la stessa. Nessun vestito nuovo, nessuna uscita per divertirsi un pò, nessun oggetto di valore. Cercò di chiedere alla donna il motivo e pur senza parlare lei sembrò capirlo, chiamò i suoi vicini, parlarono tra di loro e si sorrisero come dei cospiratori. La donna lo prese per mano e cominciò a camminare tirandoselo dietro insieme a tutti gli altri. Camminarono per un pò quindi uscirono dal centro abitato e presero una viuzza che li fece inoltrare nella vegetazione. Dopo un pò scorse una grande costruzione in legno che consisteva solo nel tetto e due pali che lo sorreggevano e vide della gente stesa su dei paglioricci appoggiati su delle assi anche esse di legno. Alcune donne porgevano loro delle ciotole con brodo di verdure e riso, altre che curavano degli ammalati. L'anziana donna lo guardò e con il braccio steso indicò il tutto cercando di fargli capire... "ecco dove finiscono i nostri soldi". Mike passò tra quei letti di fortuna e tutti gli prendevano le mani tra le loro e chinavano la testa in segno di gratitudine. Evidentemente si era molto parlato di lui e si sentiva in imbarazzo poiché non aveva mai fatto nulla per gli altri. Cominciava a rendersi conto di quanto fosse vuota la sua vita, legato come la maggior parte degli esseri umani a cose futili, al proprio egoismo, accumulando più di ciò che serve per fare una buona vita. Tanti soldi non portano la felicità anzi portano alla noia e ti trovi a non desiderare più nulla e poi arrivano i rimedi esterni come la droga e l'alcol per spegnere il cervello che non ha più nulla a cui aggrapparsi per vivere. Tanti soldi possono farti curare ma non impediscono la sofferenza e la morte quando non c'è più nulla da fare. A quel punto sei come tutti gli altri, salvo le commemorazioni in tuo onore che non vedrai mai. Tanti soldi non ti fanno più distinguere chi ti ama veramente da chi ti circonda per interesse e allora crei il vuoto intorno a te e diventi l'essere umano più solo al mondo. Tanti hanno temuto anche per la propria vita perché diffidavano persino della famiglia credendo che attentassero alla propria vita per accaparrarsi l'eredità. La vera felicità consiste nei piccoli piaceri, quelli che ti portano serenità, fatta di momenti da ricordare tutta la vita. Un viaggio fatto con la famiglia o con gli amici magari in un posto con alberghi o ristoranti caratteristici nei quali si canta e si balla. Il non avere il problema di come fare la spesa o pagare le bollette, avere il piacere della tua famiglia a tavola, fare progetti, acquistare una casa anche a rate e ammobiliarla, avere un posto di lavoro con uno stipendio adeguato per poter condurre una vita dignitosa e tranquilla. Rientrare a casa tua, aprire la porta e trovarla accogliente e piena di calore umano, sentire il profumo di cucinato o di un dolce preparato da tua moglie o dalla tua mamma, stenderti sul divano e vedere il tuo film preferito. Ecco...la felicità è la quotidianità di una vita semplice fatta di persone semplici che all'occorrenza si aiutano l'una con l'altra, che condividono gioie e dolori ma la gente difficilmente se ne rende conto. Suo nonno, il padre di sua madre, che era emigrato in America dal sud dell'Italia dove non c'era lavoro, gli raccontava di quanto era stata dura la vita da emigrante. Agli inizi si adattò a svolgere qualsiasi lavoro per cominciare a guadagnare qualcosa, era partito con una richiesta di lavoro ed il permesso di soggiorno temporaneo, poi aveva trovato un lavoro stabile e aveva chiesto ed ottenuta la cittadinanza dopo non poco tempo. Quando il nonno si ammalò non aveva ancora sessant'anni e lui era un bambino di nove anni. Era finito sulla sedia a rotelle ed era quasi alla fine ma Mike non dimenticò mai le parole che gli disse. "Vorrei tornare indietro e ricominciare di nuovo. Spaccarmi la schiena di lavoro, si, ma continuare a vivere per poter vedere ancora il sorgere del sole, poter respirare e stare con la mia famiglia. Non importa se poveri perché non c'è nulla di più bello che vivere". Ecco cosa è importante.

Da quel giorno Mike si recò sempre più spesso da quella povera gente, si prodigò per fare alzare le pareti di quel grande capannone con delle grandi finestre per fare entrare aria e luce procurandosi tutto ciò che serviva per migliorare la loro vita. Si premurò di trovare alcune volontarie e portarle con lui al mercato per insegnare loro tutto ciò che serviva per commerciare, per potersela cavare da soli quando lui sarebbe partito. Una sera decise di cenare fuori. C'erano alcune baracche che avevano allestito all'esterno dei tavoli con le panche. Potevi comprare il cibo che preparavano e potevi consumarlo lì. Terminata la sua cena si incamminò. Era immerso nei suoi pensieri e sbagliò strada. Quando se ne rese conto si ritrovò in una via a malapena illuminata da alcune lanterne accese sulle porte delle case che dondolavano mosse da un leggero venticello. Sembrava una zona malfamata ed inquietante. Ad un certo punto da una di quelle porte uscì un uomo che gli parlò veloce ma lui riuscì ad afferrare il significato solo di alcune parole che aveva imparato durante la sua permanenza lì. Sembrava lo stesse invitando ad entrare. Aveva un sorriso mellifluo ed un atteggiamento servile. Provò una certa soggezione, aveva capito che sicuramente doveva trattarsi di una situazione di malaffare. L'uomo notò la ritrosia di Mike ma non si arrese e si avvicinò prendendogli il braccio. Cominciò a tirarlo con delicatezza ma con determinazione, parlava con voce cantilenante racchiudendolo quasi in una specie di magia. All'improvviso avvertì una morsa ferrea che gli stringeva l'altro braccio. L'uomo inquietante di prima lo lasciò di scatto spaventato e si allontanò quasi accartocciato su se stesso, correndo a rinchiudersi in casa. Quando Mike si voltò, vide un uomo alto con lineamenti occidentali che gli disse "Questo non è il posto adatto per una passeggiata notturna, soprattutto per un uomo come te! Torna a casa, è per il tuo bene. Vagabondare vuol dire non avere la possibilità di ritrovare se stessi e smarrirsi per sempre" con queste parole lo lasciò e mentre andava via continuava a ripetere "torna a casa". Era spaventato e decise che l'indomani all'alba sarebbe ripartito. Era stato lì per troppo tempo ed era ora di riprendere il suo viaggio.

Non aveva salutato nessuno, aveva preso il volo e via per altri lidi. Volò per lungo tempo senza una meta precisa fin quando scorse un'isola! Sembrava disabitata, così atterrò sulla spiaggia con la sabbia bianchissima, un mare cristallino e una vegetazione rigogliosa. Pensò di essere ai tropici ma non ne era tanto sicuro. La prima cosa che fece fu tuffarsi in quelle acque invitanti! Non nuotava da tanto, troppo tempo. Si asciugò rapidamente ai raggi del sole, erano così luminosi che quasi lo accecavano. Poi cominciò ad esplorare i dintorni, aveva un certo languorino e doveva trovare qualcosa da mangiare. Fu subito accontentato...vide palme da cocco, banani e cespugli di bacche di un rosso vermiglio. Fece una bella abbuffata di frutta succosa e dolcissima e continuando a camminare vide uccelli coloratissimi, farfalle, grandi fiori profumatissimi...sembrava il paradiso terrestre, tutt'attorno una pace ed un silenzio che ti aprivano l'anima ed il cuore. C'era anche una piccola cascata la cui acqua si rigettava in una conchetta formando un piccolo laghetto. Bevve avidamente e notò con suo grande piacere che malgrado il caldo l'acqua era freschissima. Fece un altro bagno per togliere la salsedine che cominciava a pizzicare sulla pelle. Era quasi imbrunire e c'era l'urgenza di trovare un posto per dormire. In effetti era stanchissimo e trovò un anfratto nella roccia, raccolse delle foglie di banano e formò una specie di materasso. Con le altre foglie contava di coprirsi. Raccolse un altro pò di frutti per la cena, dopodiché si distese e si addormentò come un sasso.

Fu svegliato da un raggio di sole che puntava dritto sui suoi occhi e per un momento non si rese conto dove fosse. Poi ricordò, si sedette e rimase così per un pò, dando il tempo al suo corpo ed alla mente di svegliarsi del tutto. Mentre faceva colazione con i frutti che erano rimasti, ricordò di aver sognato Jane. Erano sulla spiaggia, la vedeva in lontananza che cercava di raggiungerlo, lo chiamava, gli faceva cenno con la mano di andare da lei...sembrava una scena al rallentatore come quelle che si vedono nei film, lei correva correva ma non riusciva a raggiungerlo...poi all'improvviso fu avvolta in una nebbia molto fitta e non la vide più. Quel posto sarebbe piaciuto a Jane, lei amava la natura e gli animali...era innegabilmente attratto da lei e non sapeva spiegarsi come fosse successo, la sentiva vicina come se fosse costantemente con lui. Si erano visti soltanto una volta eppure era scattato un colpo di fulmine, come raccontano tanti innamorati. Cominciò di nuovo la sua perlustrazione, dall'alto quell'isola gli era sembrata piccola e invece era abbastanza grande. Mentre era intento a camminare avvertì un rumore, come uno schiocco, e si fermò per capire da dove provenisse. Si diresse verso quello strano rumore e con stupore vide una grande capanna fatta di canne con il tetto di foglie di banano. C'era un uomo seduto all'entrata che spezzava dei rametti di legno e li metteva in una cesta. Gli si avvicinò con cautela per non spaventarlo e si fermò ad una certa distanza da lui. L'uomo avvertì la sua presenza e si girò lentamente rimanendo a fissarlo come se fosse un'apparizione. Non parlò. Fu Mike a parlare per primo e rompere il silenzio assordante. "Buongiorno" disse. L'uomo si alzò lentamente. Mike continuò "non voglio spaventarla, sono una brava persona, sono capitato qui per caso ed ho pensato che l'isola fosse disabitata". Vide l'emozione nello sguardo dell'uomo e finalmente fece qualche passa verso di lui, alzò una mano in segno di saluto e gli sorrise. "Io sono Mike" gli disse presentandosi ma l'uomo non gli disse il suo nome. Non proferì parola, lo invitò ad entrare nella capanna, lo fece sedere, prese un cesto di frutta e lo mise sulla tavola, poi accese un fuocherello e si mise ad arrostire del pesce. Tutto senza parlare. Mangiarono in silenzio mentre l'uomo lo fissava. Gli brillavano gli occhi per la felicità. Poi all'improvviso parlò "ah finalmente lassù qualcuno si è ricordato di me! Forse è arrivata l'ora del perdono per tutti i miei peccati!" naturalmente credeva che Mike fosse il suo salvatore, colui che lo avrebbe portato via da lì. Poverino, pensò Mike, chissà da quanto tempo era su quell'isola. Glielo chiese gentile "mi racconti la sua storia, Chi era prima di approdare qui e come ci è arrivato?" L'uomo cambiò l'espressione del viso "non c'è alcuna storia" gli disse con tono severo, "non chiedermi chi ero, chiedimi chi sono adesso, non posso dirti altro, non sei qui per fare domande e non voglio sapere nulla di te...tutto il resto non conta, conta solo che ora sei qui...seguimi" gli disse, "dobbiamo prepararti un giaciglio per la notte, dobbiamo fare in fretta e tornare subito alla capanna, soprattutto non allontanarti da me, le insidie si nascondono ovunque". Mike nel frattempo aveva ben altri pensieri, domande. Come avrebbe fatto a portarlo via con se senza svelare il suo segreto? Quell'uomo avrebbe potuto divulgarlo al mondo intero e per lui sarebbe stata la fine, avrebbero creduto che fosse un alieno, avrebbero fatto di tutto per studiarlo come una cavia, o avrebbero pensato fosse uno scherzo della natura, o magari un supereroe aspettandosi grandi gesta. "No...no" si disse, la sua vita sarebbe andata in malora lo avrebbero isolato per paura...ma si rese anche conto che non poteva lasciare quell'uomo lì...proprio non poteva.

Il giorno dopo lo aiutò a pescare. L'uomo non parlava molto, forse era stato troppo tempo da solo. "Sei molto giovane" Gli disse. Fece una pausa come se stesse riflettendo, "i giovani di solito fanno cose stupide, pensano di avere il mondo in pugno, hanno la presunzione di sapere tutto, non accettano consigli e spesso si cacciano nei guai...la maggior parte di loro non crede in nulla, non hanno ideali ne fede, sono alla ricerca di soldi facili, rincorrono la moda del momento e vivono in maniera futile nella totale ignoranza e tutto ciò è allarmante e straziante ma" disse puntandogli il dito contro ed alzando la voce "io non ce l'ho con loro, seguono un modello di vita senza regole e sentono molto la mancanza di una famiglia alle spalle. I genitori lavorano, pensano alla carriera litigando per conquistare i loro spazi di relax con gli amici e lo fanno davanti a loro, li lasciano ai nonni o nelle varie palestre per sport improbabili pur di non tenerli con loro. I genitori divorziano, nuovi compagni e compagne e magari più di una se le relazioni non vanno bene, un continuo va e vieni di gente a cui ci si deve adeguare, purché mamma e papà siano felici, senza pensare al benessere dei propri figli. La sera magari vanno in pizzeria o in discoteca vestendo come i propri figli," e continua "ma per fortuna c'è ancora una parte sana della società che li educa ai valori importanti come il rispetto per gli altri, studiare, fare del bene e costruire una famiglia nella quale regna l'amore l'unità e la solidarietà. Questi salveranno il mondo dal baratro, tra gli altri ci sarà chi si ravvederà, maturerà e riprenderà in mano la propria vita e per chi non lo farà ci sarà una strada sempre in discesa che li porterà alla rovina, al buio dell'anima, una strada senza ritorno..." Mike rimase senza parole. Era un pò turbato. L'uomo aveva ripreso a parlare... "sai perché dico queste cose? Perché ne sono l'esempio tangibile purtroppo. La cosa che mi fa ancora soffrire è che non l'ho capito in tempo purtroppo! Se l'avessi capito prima la mia vita sarebbe stata più serena, non avrei sofferto tanto ed inutilmente, comunque ne sono sinceramente pentito e spero che il tormento che ho nell'anima guarisca presto e che possa trovare la pace". Tornarono alla capanna in silenzio, l'uomo non parlò più, aveva un'età indefinibile, lunghi capelli bianchi, lunga barba bianca, altezza media, sembrava come quei vecchietti arzilli che si vedono nei film western, un pò strambi con cambiamenti repentini di umore e dai modi rudi ma con momenti di quasi innocenza, non volendo mostrare il lato tenero del loro carattere e quando sono imbarazzati tirano su col naso. Era ormai sera, avevano cenato e Mike pensava di andare a dormire, poi però vide l'uomo uscire...dove poteva mai andare con quel buio e per quale motivo? Uscì anche lui intenzionato a seguirlo. Fece un pò di strada nella vegetazione ma non riuscendo a vederlo più tornò indietro...non voleva perdersi.

Il giorno dopo lo aveva svegliò molto presto “dobbiamo muoverci” gli disse "Non possiamo rimanere fuori dopo il tramonto”. Mike gli chiese “dove andiamo’" e lui rispose “ti ho già detto di non fare domande, seguimi e basta”. Gli fece fare un giro per l'isola e scoprì che dall'altra parte c'erano delle montagne totalmente coperte dalla vegetazione. Sotto una di queste c'era l'entrata di una grotta che doveva essere molto grande, “ora ti faccio vedere una cosa” gli disse l’uomo, “seguimi”. Quando entrò, Mike rimase stupefatto. Sembrava una cattedrale, al centro era posizionato un grande altare sicuramente molto antico, come se avesse sfidato la notte dei tempi. La cosa che lo scosse maggiormente, tuttavia, erano i due scheletri inginocchiati davanti a quell’altare, come se pregassero. Da un lato in fondo scorreva una cascatina d'acqua che cadeva da una fessura e finiva in una piccola conca. Mike si avvicinò per bere ma l'uomo lo fermò burbero “no!” gli disse, “non puoi berla” e lo scostò con una spinta, “devi imparare ancora molte cose”. Gli parlava sempre con frasi criptiche che non sapeva mai come interpretare, “vieni” gli disse e continuarono ad inoltrarsi nella caverna finchè non arrivarono ad una lunga strettoia che ad un certo punto curvava e da lì Mike vide filtrare una luce abbagliante. Mike cercò di avanzare ma ancora una volta l'uomo lo bloccò, gli si parò davanti e disse “fermati...ci vuole del tempo”, non potendone più gli chiese “perché mi hai portato qui se non vuoi spiegarmi che senso ha tutto questo...non capisco!” Cominciava a pensare che l'uomo non fosse molto lucido... “non posso spiegare nulla, ma vedo che c'è molto lavoro da fare su di te, sei troppo avventato, non hai pensato che quell'acqua avrebbe potuto procurarti del male? O che quella strettoia poteva condurti in un luogo pieno di pericoli? Potevano annidarsi delle bestie! Tocca a me farti capire dove, come e quando sarai pronto per affrontare tutto questo!” Quando tornarono alla capanna Mike era più confuso di prima. Cominciava ad avvertire un senso di malessere, non si fidava molto della sanità mentale dell’uomo. Cenarono in silenzio e andarono a dormire. Non sentendosi sicuro il suo fu un sonno leggero, infatti a notte fonda sentì l'uomo che si alzava e usciva. Era la seconda volta che accadeva, allora si alzò e cominciò a seguirlo mantenendosi ad una certa distanza. Si nascose tra la vegetazione e lo vide sulla spiaggia che guardava il mare. Sembrava che aspettasse qualcuno e infatti dopo un pò lo sentì parlare ma non riuscì a capire ciò che diceva. Annuiva ripetutamente e si prendeva la testa tra le mani. "Mio Dio” pensò Mike, “è completamente pazzo...parla da solo.” Lo vide andare via, non poteva tornare alla capanna e affrontarlo. Guardò il mare. Aveva bisogno di un bagno ristoratore per schiarirsi le idee e riflettere su cosa era meglio fare. Si tuffò in mare e si sentì subito sollevato. Il mare lo stava curando. Sentiva l'infrangersi dell'acqua attorno al suo corpo, era come se delle mani lo accarezzassero dandogli conforto. Tornò sulla spiaggia e sedette sulla sabbia quando nel cielo cominciarono a formarsi delle luci colorate che si muovevano inseguendosi. Sembrava l'aurora boreale! Mike era incantato. Il mare in superficie brillava come se qualcuno vi avesse gettato una manciata di diamanti e su di esso vide alcune figure luminose che danzando avanzavano verso di lui. Non credeva ai suoi occhi. All'improvviso sentì qualcuno afferrargli il braccio e la voce dell'uomo che sussurrando gli disse "pazzo screanzato, perché mi hai seguito! Corri! Corri! Altrimenti tutto è perduto...non si può andare contro l'ordine delle cose." Mike corse.

Una volta giunti alla capanna l'uomo gli si scagliò contro, "tu mi vuoi rovinare!" disse urlando, "per ritrovare un riscatto ci ho impiegato tanto tempo, ho ritrovato una pace che credevo persa per sempre. Tu non hai idea da quanto tempo sono qui e quanto tempo ci ho impiegato per cancellare tutto ciò che ho fatto, per un perdono al quale anelo con tutto me stesso, ma evidentemente ho ancora delle prove da superare se non sono riuscito a capire! Non ho visto! Non sono stato attento! Vai via da questa isola, non puoi stare qui, mi hai ingannato, va via immediatamente!" Mike era molto spaventato. "Andrò via alle prime luci dell'alba, se vuoi puoi venire via con me". L'uomo scoppiò a ridere, "tu non puoi portarmi da nessuna parte, pensa per te, devi essere tu a metterti in salvo non io, per me la strada è già segnata, mi porterà esattamente dove spero di andare prima o poi." Alle prime luci dell'alba Mike spiccò il volo, lontano dagli occhi di quell'uomo che ormai aveva perso il senno.

Dopo un bel pò di tempo che era in volo si accorse che era in arrivo un temporale proprio di fronte a lui e così cambiò direzione sperando di poter atterrare da qualche parte. Si guardò intorno e scorse quella che sembrava una grande città...si, la vedeva bene, ma non sembravano esserci spazi verdi e quindi fu costretto ad atterrare in una grande piazza. C'era tanta gente, si sentì morire ma capì che era inevitabile e che prima o poi sarebbe successo. Ormai era lì e doveva affrontare la cosa. Fu circondato da persone col sorriso sulle labbra, c'era chi lo toccava, chi lo guardava con allegria. Non sembravano turbati o sconvolti. Come per incanto arrivarono alcune auto nere lussuose dalle quali scesero degli uomini, anche loro vestiti di nero e senza dire una parola lo presero e lo portarono via...non sapeva cosa lo aspettasse. Il suo pensiero andò subito alla sua famiglia ed a Jane. Aveva dimenticato quando li aveva sentiti l'ultima volta, era stato distratto dalla sua avventura, tanto che gli sembrava di vivere in un'altra dimensione, come se la sua vita precedente con l'arrivo di quel dono appartenesse ad un altro uomo. Durante il tragitto in auto, un silenzio assordante. Non una parola, non uno sguardo. Arrivati davanti ad un palazzo monumentale lo fecero scendere e lo scortarono all'interno, in una grande sala che sembrava un tribunale. Al centro c'era un'enorme scrivania con un uomo seduto su di una specie di trono. Aveva un viso ed una espressione molto rassicurante, con un amabile sorriso stampato in faccia, "così lei è l'uomo che sa volare" gli disse parlando perfettamente la sua lingua, e vedendo l'espressione stupita di Mike continuò "oh non ci faccia caso, qui le notizie arrivano in men che non si dica. Siamo molto contenti di averla qui! Lei non sa neanche quanto..." Mike era molto sollevato dalla piega che stava prendendo la situazione, così rispose "Le sono veramente grato" L'uomo continuò "io sono...come lo chiamate voi?" si fermò un attimo a pensare, "oh si...il capo di questo Stato". Fatte le dovute presentazioni disse "deve sapere che lei qui non ha nulla da temere, anzi penso che la sua venuta sarà tutta a suo vantaggio. Naturalmente ci vuole la sua collaborazione nell'integrarsi abbracciando il nostro modo di pensare, di apprezzare quei piaceri che ricaverà dalla nostra ospitalità. Sa noi siamo abituati ad accogliere persone di ogni nazionalità razza o religione, qui sono tutti benvenuti e sono sicuro che lei farà molta strada, diventerà sicuramente un uomo di successo, si troverà così bene che non vorrà più andar via". A quelle parole Mike provò un momento di apprensione ma non ebbe neanche il tempo di rifletterci su perché fu subito congedato, "accompagnatelo nel settore uno" ordinò l'uomo dietro la scrivania, "sicuramente lì si troverà a suo agio. Mi sono permesso di scegliere personalmente il suo alloggio. Ci rivedremo presto". Il settore era formato da una gigantesca sala a cui facevano capo degli appartamenti. Era piena di gente che festeggiava e a lui sembrava un grande circo ambulante. Notò anche donne vestite in maniera un pò troppo provocante, ingioiellate e molto truccate. Nei giorni a seguire si rese conto che quelle feste non finivano mai. Cibo a buttare, grandi bevute, doveva trattarsi di persone molto ricche che non badavano a spese. Quando lo videro lo accolsero molto calorosamente e allora...accadde...si lasciò tentare da tutta quella euforia. Fu preso da un turbinio di cose da fare, divenne un personaggio noto in breve tempo, le televisioni se lo contendevano, fece un film, rilasciava interviste quasi quotidianamente e scrisse persino un libro che vendette milioni di copie. Era diventato molto ricco e le donne gli cadevano ai piedi. Aveva tutto ciò che una persona potesse desiderare.Eppure non era felice. A volte sentiva il profumo di Jane e pensarla era come una ventata di aria fresca che gli entrava nei polmoni. Capì che l'amava. Non sapeva spiegarselo ma l'amava di un amore profondo. Si era reso conto che lì non si trovava bene, non era felice, ormai si sentiva soffocare come se fosse stretto in una morsa. Capì che quella non era integrazione, si trattava di lusinghe. Non era mai da solo, salvo la mattina appena sveglio ma poi arrivava qualcuno che lo trascinava in un nuovo progetto e così ogni giorno, ma era stanco. Era tutto così eccessivo, la notorietà, la ricchezza smodata e tutto il resto non facevano parte di lui. All'inizio era rimasto abbagliato da tutto quel mondo dorato ma cominciava a pesargli non poco...ne aveva quasi la nausea. In realtà non conosceva nulla di quella città. Si muoveva sempre circondato di gente che si dedicava a lui, un ufficio stampa, una segretaria e così via, tutte persone che non aveva scelto lui ma erano stati mandati dal Presidente per essere a sua disposizione. Giravano sempre in macchina con i vetri oscurati, gli avevano detto che era per tutelarlo, ma lui ne aveva abbastanza! Aveva voglia di uscire e respirare un pò di aria di libertà, così quando quella mattina si presentarono con il programma della giornata pronto per lui, disse loro che si sarebbe preso un giorno libero per fare una passeggiata. Lo guardarono stupiti ed interdetti, poi cercarono di dissuaderlo con ogni mezzo ed argomentazione ma lui non cedette ed ora era lì, per strada a camminare. Passato il suo quartiere vide che le strade circostanti erano deserte... c'era soltanto lui...era tutto un pò inquietante. Continuò svoltando per un grande viale. Aveva notato anche l'assenza di piante, soprattutto nella sua zona non ne aveva viste e la cosa gli sembrò alquanto strana. C'erano grandi strutture con degli altissimi portoni ad arco che sembravano delle antiche Stazioni ferroviarie, infatti avvicinandosi si accorse di alcune lunghe colonne di persone tutte in fila. Erano di tutte le razze e di tutti i generi, quindi il Presidente gli aveva detto la verità. Passandogli vicino, una donna dall'aria dimessa si voltò a guardarlo ed in quello sguardo potè leggere dolore, paura e una disperazione che gli scosse l'anima. Fece dietro front e si mise quasi a correre. Voleva allontanarsi il più rapidamente possibile da lì, da quello sguardo. Sentiva un disagio interiore, ancora una volta si sentiva soffocare, si aggrappò con il pensiero a Jane...era come se lo chiamasse per confortarlo. Lei fu la sua ancora di salvezza per tornare alla serenità. Quando tornò nel suo appartamento il suo staff era ancora lì ad attenderlo. Aveva ancora un'aria scolvolta. Capirono che era successo qualcosa e cominciarono ad agitarsi. Pensavano che il "capo" si sarebbe infuriato con loro e li avrebbe puniti, ma per "capo" non intendevano Mike, bensì il loro vero capo, il cosiddetto Presidente. Mike non sapeva che una volta uscito dalla struttura i suoi erano andati subito a riferire tutto al Presidente. “Idioti!” aveva tuonato “vi avevo detto di non lasciarlo mai da solo”, a nulla erano valse le loro ragioni, il loro quasi piagnucolio, “dovevate seguirlo e non lasciarlo vagare a destra e a manca...siete degli inetti, degli incapaci...come sempre devo essere io a porre rimedio e sarà meglio per voi che abbia successo!” e continuò “portategli questo invito per una cena a casa mia, ditegli che non accetterò risposte negative...andate!”. La mattina dopo fu recapitato l'invito a Mike e con esso arrivò la sua segretaria con una schiera di collaboratori al seguito. Mike le chiese chi fossero e lei rispose “sono professionisti che si prenderanno cura di Lei per prepararla alla cena di stasera”, "non mi serve nulla, ho già tutto quello che mi serve ed anche di più” rispose Mike, sicuro. La donna sembrava scandalizzata, “no,no” gli disse, “è necessario che lasci fare a noi. Dopotutto si deve presentare al cospetto del Presidente, sono suoi ordini. Vuole il meglio da Lei e non possiamo certo dargli un dispiacere simile” Gli fece un gran sorriso, come se la sua opinione non contasse nulla, e con aria da svampita si mise a dirigere quell'esercito di persone come si fa con le orchestre. Portarono carrelli con ogni genere di vestiti, camicie, cravatte, calzature, gioielli. Fu lavato, sbarbato e massaggiato con non poca resistenza da parte sua. Fu pettinato ed ingioiellato finché l'opera non fu conclusa e poi si fermarono tutti ad ispezionare il frutto del loro lavoro. Dopodiché, con aria soddisfatta, andarono via con la stessa velocità con la quale erano apparsi. Si era sentito come un bambolotto nelle loro mani, si aspettava soltanto di essere impacchettato ed infiocchettato come un regalo.

La facciata della casa del Presidente era illuminata a giorno da tantissime fiaccole, così anche l'interno. Fu accolto in pompa magna, fu presentato agli ospiti che si congratularono con lui per il suo grande successo, a tavola ebbe il posto d'onore tra il Presidente e sua figlia, una ragazza bellissima e molto sensuale che durante tutta la cena non nascose il suo interesse per Mike. Strano non sapere della sua esistenza, eppure era già stato a far visita al Presidente ma non l'aveva mai vista ne aveva sentito parlare di lei. Per tutta la serata non l'aveva mollato un attimo ed il padre sembrava compiaciuto delle attenzioni che la figlia stava riservando all'importante ospite. Ebbe la brutta sensazione di sentirsi in trappola. Sapeva che era arrivato il momento di partire e non vedeva l'ora. L'indomani avrebbe spiccato il volo.

Finita la cena il Presidente lo prese sotto braccio e gli disse "non vedo un'espressione appagata sul Suo viso e nel Suo sguardo, mi chiedo se abbiamo mancato in qualcosa, se ha qualche desiderio che non è stato soddisfatto. Non mi piace scontentare i miei ospiti, la loro felicità per me è importante quanto la mia". Poi, come se gli avesse letto nella mente, disse "non starà pensando di andar via vero? Per me serebbe un grande dolore, un fallimento" Mike lo rassicurò dicendogli "assolutamente signor Presidente, non è certo colpa sua! Qui sono stato meravigliosamente bene ma è ora che io prosegua il mio viaggio. È questo il mio più grande desiderio. Sono veramente grato per l'affetto e la cura impagabile che mi avete riservato, è stata una magnifica esperienza che conserverò nei miei ricordi" ,dopodichè si congedò. Il Presidente convocò i suoi adepti "lui vuole andare via! Siete dei fannulloni, dei buoni a nulla! Ve la farò pagare cara! Era un'occasione rara...unica!", "ma non lo tocca nulla..." intervenne la segretaria, "l'avete visto voi stesso, non ha ceduto neanche a vostra figlia. Possiamo tenerlo solo con la forza". "No...no!" gridò ancora il capo, "non si può...è la legge, deve rimanere di sua spontanea volontà", "ma possiamo tentare" insistette la donna, "siamo nel nostro regno e non credo che lo verranno a reclamare quì, sarebbe impensabile! È una occasione irripetibile, ci pensi su ancora un pò". Il capo si fermò a riflettere e non passò molto tempo che disse "e sia! Portatelo insieme agli altri, da lì non potrà scappare".

Alle prime luci dell'alba Mike ricevette la visita degli uomini in nero che lo prelevarono e lo portarono via. Mentre attraversava la grande sala si rese conto che l'aria era cambiata. Lo guardavano tutti con disprezzo e risate sguaiate di derisione. Aveva sbagliato, avrebbe dovuto andare via quella stessa notte, anche se di notte non si può volare. Si era fidato pensando di essere libero, ma a quanto sembrava non era così. Che stupido era stato a lasciarsi abbagliare da quella vita futile, dal niente. Non era mai stato egocentrico o avido ma era accaduto, era caduto nella rete che gli avevano tessuto attorno, chiudendolo in una sorta di mondo magico. Lo portarono proprio dove era stato il giorno prima, alle stazioni dove aveva visto quelle file lunghissime di persone. Con Mike al seguito, superarono tutti. Aveva capito che avevano una via preferenziale. Presero una specie di ascensore come quelle che si vedono nelle miniere che scendono sempre più giù. Quando l'ascensore si fermò e vide che effettivamente sembrava di essere nelle viscere della terra ebbe un crollo. Lo sconforto lo avviluppò come un manto nero. Capì che da lì non sarebbe più uscito. Lo chiusero in una cella che pareva più una grotta con le sbarre, ma non doveva perdere la speranza. Sua madre gli aveva insegnato che la speranza doveva essere l'ultima a morire, finché c'era vita poteva accadere di tutto e che le situazioni potevano cambiare da un momento all'altro, soprattutto avere fede e pregare e così fece. Tutto ad un tratto ci fu un gran trambusto, dopodiché scoppiò il caos. Alcuni uomini che sembravano dei ninja sbucarono da tutte le parti. Erano tantissimi e si avventarono contro altri uomini che erano arrivati a combatterli. Questi indossavano corazze ed erano altissimi, con capelli lunghi e armi che Mike non aveva mai visto prima. Si svolse una battaglia cruenta e malgrado i ninja fossero in numero maggiore sembrava che stessero perendo. Poi quello che pareva il comandante si diresse verso la cella di Mike, l'aprì e gli fece cenno di uscire. Lo portò fuori e gli disse "va via...mettiti in salvo, la tua famiglia ti aspetta...torna a casa". Mike non se lo fece ripetere due volte, spiccò il volo immediatamente. Era tanta la contentezza che andava giù come un proiettile e risaliva velocemente, finalmente libero! Sapeva di dover tornare a casa ma stava ricadendo nella tentazione di continuare la sua avventura. Quante cose aveva da raccontare! Il mondo era ignaro che ci fossero posti come quelli che aveva visitato e chissà cos'altro gli riservava il futuro. Aveva intenzione di scoprirlo, non credeva di essere tanto audace, l'ultima terribile esperienza avrebbe dovuto farlo desistere e invece aveva acceso ancora di più la sua sete di conoscenza. C'era ancora tempo per tornare a casa ma forse quello che lo faceva temporeggiare era la paura di dover confessare alla sua famiglia quello che era il dono ricevuto e non sapeva quello che sarebbe potuto accadere...leggere nel loro sguardo lo sgomento...non era ancora pronto per affrontare la realtà che l'aspettava. Come avrebbero preso la cosa? Lo avrebbero guardato con altri occhi? E Jane avrebbe avuto paura di lui? Magari aveva incontrato già un altro uomo dimenticandosi sicuramente del ragazzo che aveva conosciuto soltanto per una sera. Pensò che non avrebbe sopportato quella eventualità, forse avrebbe potuto ancora conquistarla poiché lei era ancora nei suoi pensieri. Mentre era intento a riflettere si materializzò davanti a lui un tornado, sbucato dal nulla visto che fino a pochi momenti prima il cielo era sereno. Neanche una nuvola all'orizzonte o una folata di vento, nulla che facesse presagire un fenomeno atmosferico di tale entità. Gli arrivò addosso con una velocità tale da non lasciargli scampo. Lo risucchiò nel suo vortice, era come essere nella centrifuga di una lavatrice, sbatacchiato da ogni parte. La mente confusa, zero pensieri, Non riusciva respirare, annaspava, era terrorizzato.

Sembrava che i polmoni dovessero scoppiare da un momento all'altro, la bocca e la gola ostruiti. Ricevette uno scossone violento, il petto chiuso da una morsa. Chiuse gli occhi ma poi all'improvviso...beng! Li riaprì e cominciò a respirare affannosamente. Aveva un respiratore, era disorientato e non del tutto lucido. Medici ed infermieri che si muovevano rapidamente attorno a lui ed infine...Jane che lo guardava e sorrideva con gli occhi pieni di lacrime. Lui non capiva...non riusciva a capire. Stava sicuramente sognando! Si guardò attorno...era in un Ospedale! Come era successo? Come era arrivato lì? Tutte domande che dovevano attendere per trovare risposta. Nel frattempo Jane aveva avvisato la sua famiglia e loro si erano messi in viaggio per raggiungerli. Verso sera finalmente rimasero soli. Dopo il trambusto iniziale medici ed infermieri erano andati via, dopo essersi assicurati che tutto procedeva per il meglio. Mike era lucido ma molto debole, "Cosa mi è successo?" Chiese con voce roca ed appena udibile. Jane era seduta accanto al suo letto e gli teneva le mani, "sei bellissima..." continuò Mike "come mai mi trovo qui?". Jane si prese qualche secondo per rispondere. Doveva agire con cautela, "ricordi la sera in cui ci siamo conosciuti?" lui annuì, "quella notte nel tornare a casa hai avuto un incidente con la moto, sei vivo per miracolo. Sei stato in coma due mesi" Mike chiuse gli occhi, "continua..." le disse e Jane proseguì calma "la mattina dopo ero di turno, io lavoro qui nel reparto di rianimazione. Quando ti ho visto tutto intubato è stato un colpo al cuore, non lo avrei mai immaginato. Ho conosciuto la tua famiglia che è arrivata immediatamente. Non sapevo come fare per consolare i tuoi genitori, erano disperati. Dissi loro che ti conoscevo e che mi sarei presa cura di te e li convinsi dopo qualche giorno a tornare a casa. Dissi loro che se ci fossero state delle novità li avrei chiamati immediatamente..non si sapeva quando e se ti saresti svegliato". Jane andava a casa solo per fare una doccia e sbrigare qualche faccenda di ordine pratico, poi correva in Ospedale e consumava pranzo e cena accanto a lui, lo lavava, gli parlava raccontandogli la sua giornata, ciò che succedeva nel mondo, gli leggeva dei libri, raccontava degli amici che erano andati a trovarlo e persino dormiva accanto a lui su di una poltrona allungabile...non lo aveva mai lasciato da solo. Mike chiuse nuovamente gli occhi pensando "allora è stato tutto un sogno..." era accaduto solo nella sua mente. Pensava di stare vivendo una avventura ed invece era tutto un bluff.

Dopo qualche giorno pensava di stare meglio. Piano piano si stava di nuovo relazionando con il mondo reale, quello in cui aveva vissuto sino a poco prima dell'incidente. Aveva riabbracciato i genitori la sua grande famiglia che gli aveva invaso la stanza e che lo aveva sommerso di dolci, cioccolatini etc. Lo avevano festeggiato a modo loro con grande vociare, risate e frecciatine occhieggiando a Jane. Mike era felice ma nel profondo non riusciva a staccarsi da quell'uomo che era stato fino a pochi giorni prima, da quello che aveva creduto di aver vissuto. Era una sensazione terribile...era stato così reale. I giorni che seguirono furono abbastanza pesanti. Fece tanta riabilitazione, doveva tornare a camminare per tonificare il fisico però ci furono anche dei lati piacevoli. Andarono a trovarlo i suoi colleghi di lavoro aggiornandolo sugli ultimi pettegolezzi che circolavano in ufficio e dicendogli che non vedevano l'ora di riaverlo con loro. Finalmente arrivò il giorno delle sue dimissioni dall'Ospedale e potè tornare a casa. Era felice perché giorni prima si era dichiarato a Jane esprimendogli tutto il suo amore. Le aveva chiesto di andare a vivere da lui e lei, molto emozionata, aveva accettato. Quel giorno Jane lo aveva aiutato a vestirsi, lui le stava dicendo che le doveva una cena romantica nel miglior ristorante di New York per suggellare il loro fidanzamento in maniera ufficiale e stavano ridendo quando sentirono bussare...Jane andò ad aprire. Entrò un medico che si avvicinò a lui e disse “bene Mike, vedo che stai per lasciarci. Sono venuto per salutarti e augurarti una buona vita. Cerca di essere più prudente, non sempre si può avere una seconda occasione”, poi rivolse lo sguardo verso Jane “a quanto vedo sei in buone mani” ,si girò per andare via e Mike lo ringraziò. Il dottore aveva aperto la porta per uscire quando si rigirò e disse ancora “E' stata dura riportarti indietro, abbiamo faticato non poco ma ci siamo riusciti”...gli aveva fatto l'occhiolino ed era andato via. “Che brava persona” disse Mike “è venuto a salutarmi”, “è un tuo amico?” Chiese Jane. Era perplessa... “non l'ho mai visto in Ospedale” disse rivolgendosi a Mike “sei sicura?” Chiese lui, “sicurissima...”, si guardarono negli occhi e Jane corse fuori per cercare di fermare l’uomo che, però, era sparito. Chiese in giro se ci fosse un nuovo medico ma tutti risposero di no.

La vita di Mike e Jane cominciava a prendere dei ritmi normali. Si amavano molto e vivere insieme era bellissimo. Si completavano. Mike si era rimesso alla grande ed era tornato al suo lavoro, davano delle cene a casa, uscivano con gli amici e quando avevano più giorni a disposizione andavano a trovare le loro famiglie. Una volta dall'una una volta dall'altra per accontentare tutti...ma Mike continuava a non dimenticare. A volte, quando la sera andava a letto, tornava a riflettere su quanto gli era accaduto. Per lui non era stato solo un parto della sua mente, aveva conosciuto e parlato con quelle persone, le aveva vissute. Non riusciva a rassegnarsi, c'era qualcosa che andava ben oltre e che non riusciva a spiegarsi.

Una sera mentre preparavano la cena e sorseggiavano un calice di vino, Mike decise di voler condividere quel mistero con Jane così, finito di mangiare, si sedettero sul divano ad ammirare il panorama e Mike cominciò... “ascolta Jane” le disse, “C'è qualcosa che devo dirti, qualcosa che mi tormenta , che mi è accaduto durante quei due mesi di coma. Io ho vissuto un'altra vita,” Jane lo guardò meravigliata, “lo so” continuò lui “è difficile da spiegare anche per me, ed è come se lo avessi vissuto con te perché eri sempre presente nei miei pensieri! Era come se tu fossi stata con me per tutto il tempo!”. Le raccontò tutto, parlarono quasi tutta la notte. Lei non fece mancare il suo amore e lo ascoltò in silenzio fino alla fine. In effetti fece anche di più...quando lui le chiese scusa per averla turbata lei gli disse "No... sono contenta che tu me ne abbia parlato perché forse posso aiutarti a capire...vedi" gli disse "lavorando in quel reparto ho a che fare da tempo con persone che rientrano dal coma come è successo a te. Ricordo di una donna che aveva partorito, era stato un parto complicato ed evidentemente lei era andata via per un pò di tempo...i chirurghi l'avevano persa mentre le praticavano un taglio cesareo di urgenza nell'intento di salvare madre e figli. In effetti dette alla luce due gemelli. Dopo un pò di tempo raccontò di aver percorso un tunnel e all'uscita di questo tunnel vide una lunga strada con dei prati verdi che la costeggiavano...un verde così brillante che non aveva mai visto prima ed una luce che non esiste sulla terra. Quella stessa luce le riempiva l'anima di una pace mai provata prima, che la spingeva ad andare avanti. Quella luce l'attirava inesorabilmente e nulla poteva fermarla perché si sentiva in uno stato di beatitudine. Raccontò di aver fatto solo pochi passi al di fuori del tunnel quando le si parò davanti un cavallo bianco montato da un centurione romano. Erano enormi! Il cavallo si impennò e con le zampe anteriori la spinse indietro. Lei non voleva tornare e tentava di passargli tra le zampe cercando di andare oltre, ma evidentemente non ci era riuscì poiché aprendo gli occhi si era ritrovata nel letto dell'Ospedale. Aveva anche detto che non aveva un corpo, che era come se fluttuasse. Raccontò che aveva solo gli occhi per guardare, era come se non fosse mai nata e vissuta, non ricordava nulla, era come se esistesse solo da quel momento". Mike era emozionato al pensiero di non essere l'unico ad aver vissuto quell'esperienza. Credeva di essere pazzo! Abbracciò Jane...la sua Jane che ancora una volta lo aveva salvato.

Quella notte Mike per la prima volta dopo tanto tempo dormì serenamente. Parlare con Jane era stata una liberazione. Il loro rapporto si era rafforzato ed era diventato più intimo. Gli aveva consigliato di parlare con un prete, lui aveva comprato dei libri che trattavano l'argomento e aveva scoperto che era come un tabù, se ne parlava pochissimo e quelle poche persone che trovavano il coraggio di parlare e partecipavano alle trasmissioni, venivano regolarmente derise.

Una domenica mattina che era solo in casa perché Jane aveva il turno in Ospedale, sentì dentro di lui la spinta di recarsi lì dove tutto era cominciato, anche solo nella sua mente. A Central Park. Chiamò un taxi e andò. Arrivato all'interno del parco cominciò a camminare e si inoltrò più che poteva, ma naturalmente non trovò la panchina vicino al laghetto. Non esisteva alcun laghetto, ma le panchine c'erano e vicino ad una di esse notò tre uomini ed una donna. Riconobbe subito ognuno di loro. Era sbalordito! Una era l'anziana che aveva aiutato, insegnandole a vendere i suoi ortaggi e a costruire il ricovero per i poveri. Ad un certo punto questa le disse "ciao Mike! La tua bontà d'animo ci ha commossi, non hai avuto un attimo di esitazione nell'aiutare noi e quella povera gente, sin dall'inizio abbiamo avuto speranza nella tua salvezza! Per noi avevi superato la prova e ti mandammo un angelo per sottrarti a quell'ometto infido che voleva portarti verso il male". Mike si accorse che tre loro c'era anche l'uomo che lo aveva salvato da quella situazione che gli disse "è vero...sei stato parecchie volte in pericolo ma sai perché? Perché non eri morto, ti trovavi tra il cielo e la terra, in una situazione anomala. Dovevi tornare subito ed invece continuavi a vagare. Ti salvai anche nel deserto, ricordi?" Poi fu la volta dell'uomo strambo dell'isola "quando ti ho detto che mi avevi ingannato era perché mi informarono che non avevi passato il punto di non ritorno. Dovevo assolutamente mandarti via, dovevi tornare indietro". Poi parlò il medico "abbiamo dovuto combattere una vera guerra contro il male nell'ultimo posto dove eri prigioniero...per noi salvare anche solo un'anima è molto importante, le tue preghiere ci hanno chiamato e ti hanno salvato dalla sofferenza eterna. Se tu avessi ceduto alle lusinghe noi non avremmo potuto fare nulla per te. Hai potuto vedere, devi testimoniare tutto questo agli essere umani, dargli la speranza dell'esistenza di un altro mondo. Questa deve essere la tua missione nella vita, non vergognarti di parlare anche se ti derideranno, potresti salvare più di qualcuno. Il Paradiso, Mike, esiste veramente. È il luogo dove l'anima continua a vivere dopo la morte nella completa beatitudine, la vera felicità. Vai e vivi, noi non ci vedremo mai più ma ogni volta che pregherai la tua voce arriverà fin lassù e noi saremo lì ad ascoltarti perché ogni preghiera è come una bellissima sinfonia".

Quando Jane tornò a casa Mike le raccontò tutto e lei gli credette. Un giorno seppero che in un teatro locale avrebbe avuto luogo un incontro tra scienziati e coloro che attestavano di avere avuto esperienze ultraterrene e allora lui e Jane comprarono i biglietti ed assistettero al dibattito in sala. Sedendo in prima fila ascoltarono il dibattito entrare nel vivo, a volte anche con toni accesi, ma finì come al solito che era tutto frutto della mente, che l'anestesia procurava quelle allucinazioni. Mike tornò a casa sconfortato, era come andare a sbattere contro un muro di cemento. Disse a Jane "credono di avere la verità in tasca, la loro presunzione è intollerabile. Chi gli da la certezza della non esistenza di Dio?...parlano...parlano ma non hanno mai potuto dimostrare la loro tesi, da parte loro solo supposizioni. Ma come fanno a non rendersi conto della perfezione del Creato? Lui si che ha dimostrato di esistere, dovrebbero avere la mente più aperta, dovrebbero seguire l'esempio di un grande scienziato come Einstein che era un visionario. Lui prima vedeva e poi tramutava le sue scoperte in formule matematiche. La sua mente visionaria ha colto l'attimo...non è stata una formula a illuminargli la mente. Dimmi come mai se sono così bravi non riescono a capire il funzionamento del nostro cervello? Può essere che Dio tramite questo comunica con noi, come un telefono o un computer di cui non conosciamo password, come una linea diretta con l'Aldilà. Magari può guarire le malattie, gli organi malati, solo che noi siamo diventati così cinici ed ignoranti che non sappiamo più come usarlo perché ci siamo allontanati da Lui. Gesù, per esempio, quando praticava le guarigioni, i miracoli, toccava la testa dell'ammalato. Noi ormai abbiamo la mente, le orecchie e gli occhi chiusi, presi dal mondo materiale, ma Dio ci ama ancora e cerca in tutti i modi di entrare in contatto con noi. Lo fa quando siamo incoscienti ed inermi come è successo a me ed a tutti quelli con i quali condivido quella esperienza. Dimmi Jane, come mai non riescono a creare i sentimenti o la coscienza, riescono a clonare ma solo ciò che Dio ha già creato, costruiscono i robot ma sono un ammasso di acciaio con un computer al posto del cervello, ma sempre programmato dall'uomo, mentre Lui ci ha dato il libero arbitrio. Sai che ti dico amore? Che l'unico modo per arrivare alla gente sai qual'è? Si...ho deciso...scriverò un libro...come ha detto il mio angelo. Anche se dovesse leggerlo una sola persona è già una conquista. Ho pensato che dovremmo tornare alle origini del cristianesimo, quando i discepoli camminavano tra la gente, parlavano con loro, portavano la parola di Dio per le strade. A cosa serve una Chiesa vuota? Gesù è stato un rivoluzionario, ha creato un Movimento, ha dato ai primi cristiani un senso di appartenenza, una grande famiglia dove all'occorrenza ci si aiuta gli uni con gli altri. Oggi si dice che la religione deve adeguarsi ai tempi...sbagliato. La Bibbia e il Vangelo non si interpretano a nostro piacimento. La parola di Dio è legge! La parola di Dio è una ed una soltanto e si deve seguire così come è. Gesù non è venuto a smentirla ma ha usato parole come misericordia e perdono se c'è il pentimento. E' proprio vero quello che disse il Papa Santo Giovanni Paolo II "quando io morirò il male attaccherà la Chiesa", in effetti sta accadendo. Regnano corruzioni, guerre, crudeltà. L'umanità sta dando il peggio di se, ovunque regna la miseria, epidemie e i potenti si inginocchiano davanti al dio denaro...".

Così, Mike cominciò a scrivere il suo libro. È inutile dire che con Jane andava a gonfie vele. Non era uno scrittore ne aveva la presunzione di pensarlo. Aveva mille dubbi ma era felice di poter comunicare con gli altri. Scrivere un libro era come andare a trovare un amico e parlare con lui e aiutarlo ad aprire la mente. La sua era la storia di un ragazzo semplice che veniva da una cittadina tranquilla e che per un accadimento eccezionale aveva imparato a volare.

FINE.

Printed by Amazon Italia Logistica S.r.l.
Torrazza Piemonte (TO), Italy

50315444R00020